CONTOS
e
POESIAS

Editora Appris Ltda.
1.ª Edição - Copyright© 2021 da autora
Direitos de Edição Reservados à Editora Appris Ltda.

Nenhuma parte desta obra poderá ser utilizada indevidamente, sem estar de acordo com a Lei nº 9.610/98. Se incorreções forem encontradas, serão de exclusiva responsabilidade de seus organizadores. Foi realizado o Depósito Legal na Fundação Biblioteca Nacional, de acordo com as Leis nos 10.994, de 14/12/2004, e 12.192, de 14/01/2010.

Catalogação na Fonte
Elaborado por: Josefina A. S. Guedes
Bibliotecária CRB 9/870

R718c 2021	Roesler, Cristiani Contos e poesias / Cristiani Roesler. - 1. ed. - Curitiba: Appris, 2021. 75 p.; 21 cm. ISBN 978-65-250-2068-6 1. Contos brasileiros. 2. Poesia brasileira. I. Título. II. Série. CDD – 869.3

Livro de acordo com a normalização técnica da ABNT

Appris editora

Editora e Livraria Appris Ltda.
Av. Manoel Ribas, 2265 – Mercês
Curitiba/PR – CEP: 80810-002
Tel. (41) 3156 - 4731
www.editoraappris.com.br

Printed in Brazil
Impresso no Brasil

CONTOS
e
POESIAS

Cristiani Roesler

FICHA TÉCNICA

EDITORIAL	Augusto V. de A. Coelho
	Marli Caetano
	Sara C. de Andrade Coelho
COMITÊ EDITORIAL	Andréa Barbosa Gouveia (UFPR)
	Jacques de Lima Ferreira (UP)
	Marilda Aparecida Behrens (PUCPR)
	Ana El Achkar (UNIVERSO/RJ)
	Conrado Moreira Mendes (PUC-MG)
	Eliete Correia dos Santos (UEPB)
	Fabiano Santos (UERJ/IESP)
	Francinete Fernandes de Sousa (UEPB)
	Francisco Carlos Duarte (PUCPR)
	Francisco de Assis (Fiam-Faam, SP, Brasil)
	Juliana Reichert Assunção Tonelli (UEL)
	Maria Aparecida Barbosa (USP)
	Maria Helena Zamora (PUC-Rio)
	Maria Margarida de Andrade (Umack)
	Roque Ismael da Costa Güllich (UFFS)
	Toni Reis (UFPR)
	Valdomiro de Oliveira (UFPR)
	Valério Brusamolin (IFPR)
ASSESSORIA EDITORIAL	Manuella Marquetti
REVISÃO	Katine Walmrath
PRODUÇÃO EDITORIAL	Isabela Bastos Calegari
DIAGRAMAÇÃO	Yaidiris Torres
CAPA	Sheila Alves
COMUNICAÇÃO	Carlos Eduardo Pereira
	Débora Nazário
	Karla Pipolo Olegário
LIVRARIAS E EVENTOS	Estevão Misael
GERÊNCIA DE FINANÇAS	Selma Maria Fernandes do Valle

AGRADECIMENTOS

Agradeço a Deus por esse dom e quero também agradecer ao meu esposo Pedro Mosko, que sempre me incentivou. Espero que apreciem meu tão sonhado livro.

Obrigada.

Cristiani Roesler.

SUMÁRIO

MALTRATAR NÃO É SOMENTE CRIME, É TAMBÉM PECADO ...9

A JAPONESINHA E O JARDIM 11

O MILAGRE DOS ANJOS AZUIS 13

O CONTO DE LEÔNIDAS 15

O CONTO DE FELÍCIA 17

O SONHO DE NATAL 18

MANOLITO, O MEXICANINHO PREGUIÇOSO 20

A DANÇA DAS FRUTAS 22

O BURRO INTELIGENTE 24

A INDIAZINHA TAINÁ 26

A MAGIA DO AMOR 28

SINFONIA NA LAGOA 29

CONVERSA DE CRIANÇA 31

A LENDA DE JONAS E A ÁRVORE MISTERIOSA 33

NUNCA É TARDE PARA MUDAR 35

ELEONORA 37

BARTOLOMEU, O GATINHO TRAVESSO 39

A HORTA DE DONA MARTA 41

O CONTO DA CIDADE DE FLORISBELA 43

UMA SÁBIA LIÇÃO 45

O SURPREENDENTE CONTO DE PÁSCOA 47

BARULHO NO GALINHEIRO 49

A MORTE NÃO É O FIM, E SIM O RECOMEÇO 51

REFLEXÃO PROFUNDA 53

SOMOS SERES INCOMPLETOS 55

A MENINA ABENÇOADA 57

O CIRCO DA VIDA 59

TUDO É ASSIM PERFEITO 60

A NATUREZA PEDE AJUDA 61

A VIDA É COMPANHEIRA DA ALMA 62

JARDIM DOS SONHOS 63

MEU MAIOR PRESENTE 64

CORAÇÕES ENAMORADOS 65

AS MAIS LINDAS MELODIAS 67

PRIMAVERA, ESTAÇÃO TÃO BELA 68

AS DAMAS DO MEU JARDIM 69

DE VOLTA À REALIDADE 70

A FAMÍLIA CURUPACO 72

O VESTIDO DE MARGARIDA 74

MALTRATAR NÃO É SOMENTE CRIME, É TAMBÉM PECADO

Todas as criaturas são obras de DEUS. Então por que animais são maltratados pelos seres humanos, que se julgam racionais e responsáveis por seus atos? Para mim você não tem capacidade nem inteligência para compreender que eles são seres irracionais e que seguem seus instintos para procriar, se defender, e tentar sobreviver nesse mundo que os maltrata e ignora. Isso é muito triste, mas é infelizmente a realidade. Quantos são abandonados e procriam cada vez mais porque ninguém toma as devidas providências? Entenda, se você tiver o mínimo de sabedoria para isso, é claro que eles não são iguais às pessoas que, mesmo em condições precárias, trazem crianças ao mundo não para viver, e sim sofrer. Pelo jeito você não entende isso. Saiba que Deus não aprova, então, por favor, não diga "aconteceu porque Deus quis". Se você não tem condições, não tenha tantos filhos. Mas os animais procriam por instinto, é natural, DEUS determinou assim. Será que é tão difícil, até mesmo impossível entender? Você que se diz tão religioso esquece que JESUS nasceu em um estábulo cercado por animais? Se você está contrariando DEUS, logicamente você está cometendo pecado e tenha a certeza de que você será punido. O que deveria ser feito pelos órgãos competentes seria retirá-los das ruas e levá-los para um abrigo onde fossem cuidados e castrados. Essa seria uma maneira de evitar essa reprodução sem fim. Ajudar também as ONGs com recursos para poder cuidar daqueles que já foram resgatados. E, para quem for pego maltratando ou abandonando animais, sugiro uma multa bem pesada. Preste atenção agora no que vou dizer: você sente fome, sede, dor, frio? Pois saiba, ser desprezível e repugnante, que os animais sentem tudo isso também. E, pior ainda, sofrem calados, porque não podem, é óbvio, pedir ajuda. Espero que sejam tomadas providências para que eles não sofram mais. E para você fica um pedido: quando encontrar um cão na rua, por favor, não o maltrate e tenha ao menos consciência uma vez na vida e não o abandone. E lembre-se: além de crime, é pecado também.

A JAPONESINHA
E O JARDIM

Esta é a história de Yumi e de sua filha Akemi. Elas moravam em um lugar belíssimo, rodeado por natureza. Lá havia um pomar com frutas variadas: maçãs açucaradas e brilhosas, laranjas doces como mel, pêssegos macios como pele suave e delicada, tenros morangos e saborosas amoras. Além desse pomar maravilhoso, havia também um jardim com flores diversas e de cores exuberantes, e um gracioso lago. As manhãs se iniciavam melodiosas pelo canto dos pássaros que pousavam nas repousantes árvores de sua casa. Ao entardecer ambas iam regar seu belo jardim. Os dias passavam rapidamente e mãe e filha faziam disso momentos inesquecíveis. Yumi também adorava escrever relaxadamente em seu quarto. Tudo o que escrevia guardava em um bauzinho todo decorado e com escritas japonesas. Certo dia escreveu: o que mais amo na vida é Akemi e minhas flores. Ela é a flor mais linda do meu jardim. Flores transmitem vida e felicidade às pessoas, e se Akemi é feliz também sempre serei. Bem, o tempo passou e Akemi conheceu Yioshiro, casaram e tiveram uma bela filha chamada Naomi. O casamento foi esplendoroso, segundo o costume do seu país. A noiva belíssima em seu vestido azul bordado com flores e borboletas, e em seu cabelo uma linda flor branca. Os anos foram de completa felicidade. Mas, como é um fato da vida, sua mãe envelheceu e com a velhice infelizmente veio também a doença. Tudo que era possível foi feito, mas sua amada e querida mãe faleceu. O rosto daquela bela jovem outrora repleto de felicidade agora era repleto de tristezas. Akemi não cuidou mais do jardim. As flores foram murchando e morrendo igual ao seu coração. Mas certo dia sentada no quarto de sua mãe recordando de tantas coisas, ela encontra o secreto bauzinho.

Akemi começa a ler tudo que sua mãe escrevera todos aqueles anos e descobre que o desejo dela é vê-la sempre feliz. Isso lhe dá forças para recomeçar. Então começa a cuidar novamente do jardim onde passaram tardes maravilhosas. Sua filha Naomi também vai se apaixonando pelas flores, aprende a cuidar delas, sabendo também que para sua mãe ela é a flor mais bela entre todas as flores do gracioso jardim. Essa é a história mágica da japonesinha e o jardim.

O MILAGRE
DOS ANJOS AZUIS

A conteceu em uma cidade de poucos habitantes. Pessoas muito devotas de DEUS. O padre já meio de idade sempre disposto a pregar seus sermões e atender seus fiéis a qualquer hora. Aos domingos os cristãos se reuniam para assistir às missas. Na igreja havia vários santos, anjos e uma bela imagem de NOSSO SENHOR. Na comunidade havia uma senhora muito religiosa e de muita fé. Seu nome: dona Francisca, dona Chica, como era conhecida por todos. Ela morava com seus dois filhos, Gabriel e Luiza. Com saudades dos avós que moravam longe dali, eles vão passar alguns dias com eles. Bem, tudo corre tranquilo. Até que dona Francisca começa a sentir um mal-estar repentino, mas ela continua com seus afazeres normalmente. À noite ela faz suas orações como de costume, só que ao deitar-se dona Francisca sente-se mal novamente. Não consegue levantar da cama nem chamar por ninguém. De repente aparecem ao lado de sua cama dois lindos mennininhos de rostos meigos, cabelos lourinhos encaracolados e de vestimentas azuis. Eles confortam dona Francisca, começam a conversar com ela sobre coisas do seu passado e presente para reanimá-la, para lhe dar forças para não desistir. Como seria possível que soubessem de tantas coisas ao seu respeito. Ela começa a se recuperar e olhando para os dois meninos agradece e cai em sono profundo. Ao amanhecer dona Francisca vai lembrando aos poucos o que aconteceu. Procura pelos meninos, pergunta para vizinhos e amigos, mas ninguém os viu nem os conhece. Sem entender ainda tudo isso que ocorreu consigo, ela vai até a igreja contar para o padre e agradecer. Dona Francisca começa a rezar e repara em dois lindos anjos azuis que estão ao lado de uma santa. Dona Chica sem sombra de dúvidas sabe que se trata dos menininhos que a socorreram. Emocionada se ajoelha diante dos anjos e agradece fervorosamente. A notícia começa a se espalhar e a cidade só comenta sobre o milagre. Isso veio a fortalecer ainda mais a fé de dona Chica e dos fiéis. E você, acredita ou não? Aí cabe a você, à sua fé, acreditar ou não nesse milagre, o milagre dos anjos azuis.

O CONTO
DE LEÔNIDAS

Tudo começa em uma bela manhã quando a leoa Keoma traz ao mundo dois lindos leõezinhos. O menorzinho vai aos poucos abrindo seus olhos curiosos observando tudo ao seu redor. Ela dá a ele o nome Leônidas. Seu pai, chamado Hórus, cuida bravamente de sua família. Hórus geralmente é muito ranzinza e olha sempre para todos com ar de superioridade, já que ele sem sombras de dúvidas se considera rei das selvas. Leônidas vai crescendo e começa, com seu irmão, a explorar esse mundo tão maravilhoso e cheio de mistérios. Certo dia, exausto de brincar, Leônidas vai até um riachinho para se refrescar. De repente surge também um veadinho. O leãozinho olha admirado e pensa: que animal será este? O cervo se aproxima e assim começa uma bela e estranha amizade. Ele então começa a sair às escondidas, aproveitando as horas de cochilo de seu pai para se encontrar com seu novo amigo. Tudo é tão divertido, mágico, até que um dia, para surpresa do pobre leãozinho, seu pai descobre. Hórus diz ferozmente: leões não nasceram para ter amigos, nasceram para ser reis e dominar a selva. A partir desse dia, Leônidas nunca mais se encontrou com seu amiguinho tão especial. Perto dali, em uma caverna, morava uma leoa muito velha chamada Batira. Ela é mãe de Hórus. Eles vão até a caverna. Leônidas encontra um álbum muito antigo, é o álbum da família. Ele vê a foto de um leãozinho todo sorridente brincando com uma lebre bem pequenina e mostra para seu pai, que surpreso e indignado diz: isso é uma ofensa para os leões, e pergunta para sua mãe: quem é esse leãozinho atrevido? Sua mãe com ar de graça responde: não se lembra, Hórus, é você, meu bravo filho. Ela era sua melhor amiguinha. Nessa hora o rei perde a majestade, não tem explicação alguma para dar a Leônidas. Vão embora sem muitas conversas. E como termina este conto? Leônidas segue seu caminho para um dia se tornar rei da selva. E quanto a Hórus? Também segue seu caminho, mas um tanto quanto envergonhado, é claro.

O CONTO
DE FELÍCIA

Este é o conto de Felícia, uma menina linda, cabelos dourados, olhos azuis, boca delicada como pétala de flor. Ela tinha os mais adoráveis vestidos, as mais lindas bonecas, os doces mais saborosos que desejasse, casa belíssima e um jardim maravilhoso. Ela era muito amada por seus pais e por suas amigas. Mas ainda não se sentia feliz nem agradecida por tudo que a vida lhe proporcionava. Felícia tinha um desejo, ser uma borboleta. Certa tarde estava em seu jardim e foi surpreendida por uma fada. Então pediu para a fada: fada, quero ser uma borboleta! A fada lhe conta que uma borboleta de um azul magnífico deseja ser uma menina. Felícia espera ansiosa. Ela então faz a troca. Ambas ficam muito felizes. O tempo passou e nunca mais viram a fada. Em uma manhã de primavera, sentada embaixo de uma cerejeira, lágrimas rolam do rosto de uma menina. No tronco da árvore, estava também uma borboleta triste apesar de todas as flores que tinha para pousar. Aparece a fada. Surpresas, pedem para ela desfazer o que tinha sido feito há muito tempo. Aliviadas, as duas comemoram felizes em meio às flores. O que você aprende com este conto é que você deve se amar, agradecer por tudo que tem, não querer ser o que você não é, para não se parecer com Felícia, a menina que era feliz e não sabia.

O SONHO
DE NATAL

Esta é a história de três crianças que sonhavam em ter uma árvore de NATAL. Seus pais não tinham condições para comprar a tão sonhada árvore, o que lhes causava profunda tristeza. O NATAL estava próximo, e a solução era usar a mesma arvorezinha já de muitos Natais, toda velhinha e que mal parava em pé. Mas como amor de pai e mãe dá um jeito para tudo, seu Chico e dona Rita arrumaram a árvore para as crianças. Por mais um ano, a tímida e teimosa arvorezinha alegraria ao menos um pouquinho a casa. E agora com o que enfeitá-la? Mariana pendurou algumas bonequinhas, Marquinhos seus carrinhos pequeninos, Maria Clara algumas florezinhas e dona Rita, com pedaços de retalhos, fez lacinhos para enfeitar a árvore também. Apesar de todas as dificuldades, as crianças esperavam ansiosas pela data tão especial e sem nunca perder a esperança. Aconteceu que faltando poucos dias para o Natal um carro passa por aquelas redondezas. Logo desce dele uma senhora bem vestida, bem apessoada. A mulher perdeu-se pelo caminho e está exausta e com muita sede. Seu nome é Cecília. Ela avista a casa de seu Chico e vai até lá. A senhora é muito bem recebida e se encanta com as crianças. Dona Cecília observa discretamente a árvore ao lado do velho sofá. Enfim agradece por tudo e parte. Os dias passam e chega a véspera do Natal. À noite os pais contentam as crianças com alguns doces comprados na mercearia do velho amigo Belmiro. De repente a casa é iluminada por luzes que surgem ao longe. Seu Chico curioso observa. São faróis. Quem desce do automóvel é dona Cecília, que surpreende a todos. A bondosa e gentil senhora retira do carro uma belíssima árvore de Natal e também doces e presentes e entrega para as crianças. O sonho se realizou. A alegria de Mariana, de Marquinhos e da pequena Maria Clara é contagiante. Mas algo está preocupando e constrangendo seu Chico e dona Rita. Eles não têm presente algum para dona Cecília. A caridosa mulher diz: eu já ganhei meu melhor presente nesta noite maravilhosa, a felicidade de todos nesta casa. Naquele momento o verdadeiro espírito de Natal repousa naquela casa. Lembre-se, Natal é isso, é fazer o bem, fazer caridade, é perceber que coisas simples significam muito, despertam paz e verdadeira alegria, tornando essa data realmente um dia muito especial e inesquecível.

MANOLITO, O MEXICANINHO PREGUIÇOSO

Manolito era um mexicaninho muito preguiçoso. Todas as manhãs, era sempre a mesma coisa: Manolito, vai tratar as galinhas. Sua mãe, dona Consuelo, esperava e nada. Vai dar pasto para as vacas e para as cabras. Mas ele tomava seu café e ia brincar. E as tarefas ficavam todas para sua mãe. Com o pai, seu Raul, era a mesma coisa. Ele era carpinteiro e o menino não queria saber de ajudá-lo. O malandrinho ficava de castigo, mas nada de melhorar. Na escola também só havia queixas da professora. Até que um dia chega na cidade um jovem padre chamado Miguel. Ele veio ficar por alguns dias no lugar do velho padre Sebastião. Dona Consuelo, sem saber mais o que fazer com o menino, vai até a paróquia ajudar o padre Miguel e pedir alguns conselhos. O jovem padre analisa tudo sabiamente e manda fazer tudo que ele falou. Chegando em casa, ela explica para o marido. Na manhã seguinte, não manda o menino fazer nada. Ele acha muito estranho esse comportamento da mãe. Dona Consuelo faz todas as tarefas sem reclamar. Vai chegando a hora do almoço, mas cadê o almoço? De repente ela diz com uma baita abrideira de boca: estou tão cansada, que farei a comida mais tarde. Continua a brincar lá fora, Manolito. E ele já morrendo de fome. Seu Raul também não pede para ele ajudá-lo. No final de semana, como de costume, era dia de passear na cidade. Mas o pai diz: trabalhei muito a semana inteira, vou descansar. O passeio fica para outro dia. E continuam a fazer isso por um bom tempo. Até que Manolito, cansado de toda aquela situação, pergunta para sua mãe: o que está acontecendo? Por que vocês estão agindo assim comigo, mamá? E dona Consuelo responde: estamos agindo da mesma maneira que você age com a gente. Aprendeu a lição, meu filho? No outro dia, cedinho, ele faz todas as tarefas, surpreendendo dona Consuelo e depois também vai ajudar seu pai. Os conselhos do padre deram certo. Bem, todos os sábados era dia de catequese. Padre Sebastião volta e no sábado vai visitar as crianças e lhes ensinar sobre os sete pecados capitais. Quando o padre cita a preguiça, Manolito enche o peito e diz: — nunca fui um menino preguiçoso, padre. E o padre, com olhar de repreensão, responde: — a mentira também faz parte dos sete pecados capitais. E manda ele rezar rapidinho sete padres-nossos e sete Aves-Marias para que a preguiça e a mentira não tenham chance de voltar. Essa é a história de Manolito, o mexicaninho preguiçoso.

A DANÇA
DAS FRUTAS

As frutas estão chegando, a festa vai começar! Lá vem a Laranja doce empolgada para dançar, mas, quando vê seu par com dona Tangerina, a pobre fica azeda e se põe a chorar! O seu Limão a vê tristonha e a tira para dançar. Esbelta e elegante, a Banana se acha a rainha do salão, e de repente, coitada, ela caiu, escorregaram nela e foi só fruta pelo chão! Mas não aconteceu nada grave, não, a festa vai continuar até o sol raiar. Toda exibida chega a Maçã argentina e pensa em dançar um tango, e dizem para ela: — aqui ninguém sabe essa dança, mocinha, se você quer dançar tango, menina, vá para a Argentina. A Maçã fuji também dá o ar de sua graça toda desajeitada, e seu Pêssego todo preocupado sai para o lado e, esperto, sumiu, melhor, fugiu! A Melancia, toda envergonhada por ser deveras pesada, começa com passos lentos, mas logo entra no ritmo, mostrando que nem só as magrinhas conseguem balançar e prova que além de gostosa é uma parceira majestosa. O Moranguinho frágil, pequenininho vai se aproximando cheio de não me toques e logo o vermelhinho se solta e dança até um rock! Dona Uva, com seu vestido roxo, está graciosa e louca para dançar, porém receosa tem medo de ser esmagada, mas gritam para ela: — tomaremos cuidado, bela dama, pode vir despreocupada. E seu Abacaxi, coitado, está numa cadeira tão desanimado. Com ele ninguém quer dançar. Quem vai querer se espinhar? Ufa! Enfim chega sua parceira, os dois dançam lindamente exibindo suas coroas, o rei e a rainha, e sem perder o fôlego não dão uma paradinha. Em um canto, ciumento e emburrado, está o Mamão-Papaya, ao ver que sua parceira não veio de vestido, veio de minissaia. E as demais convidadas vão chegando e se espremendo no salão. Puxa, desculpe, foi só força de expressão! Aqui ninguém vai virar suco, aqui é só diversão! Essa é a divertida dança das frutas.

O BURRO
INTELIGENTE

Seu Nestor era dono de um lindo sítio. Ele tinha vários animais: seu cachorro de estimação, o Farofa, a vaca Beringela, um porco chamado Espiga, seu cavalo Horácio e um burro chamado Jericó, além de muitas galinhas, patos e marrecos. Os animais andavam livremente pelo sítio. Horácio sempre zombava de Jericó. Ele dizia: — enquanto levo o patrão a galope para passear na cidade, você fica com o pior serviço, arando e puxando carroça. E Horácio relinchava de alegria. Aconteceu que seu Nestor começou a notar que em determinadas manhãs estavam faltando espigas de milho do celeiro. Mal sabia que o astuto ladrão era seu burro Jericó. À noite, com sua cabeça orelhuda, empurrava a porta do celeiro sorrateiramente e se empanturrava de espigas saborosas. Bem, seu Nestor propositalmente por algumas noites passou a deixar a porta do celeiro totalmente aberta. Ficava espiando pela janela, para pegar o ladrão no flagra, mas nada aconteceu. Convenhamos, o burro de burro não tinha nada mesmo. Mas dali a alguns dias as espigas começaram a sumir novamente. Seu Nestor teve outra ideia. Ele amarra a vaca e o sumiço para. O dono decepcionado fala: — quem diria, Beringela, foi você, sua espertinha. Os dias passam e mais espigas somem. Então ele prende o porco. E todas as manhãs as espigas estão lá intactas. Ele diz: — puxa, Espiga, você já está tão gordo, por que assaltou o celeiro? O burro ardiloso espera paciente, fazendo o dono acreditar que foi o Espiga e ataca novamente. Pela manhã o dono encontra Jericó todo tristonho, cabeça baixa, quietinho em um canto do sítio e diz todo preocupado: coitadinho do meu burrico, deve estar trabalhando demais. E enche o burro de regalias: milhos, verduras, capim bem verdinho e ainda o poupa do trabalho pesado. E quem é o culpado então? Horácio, que teve que fazer o serviço de Jericó por um longo tempo. Para o cavalo ficou o ditado: quem ri por último ri melhor.

A INDIAZINHA
TAINÁ

Tainá era uma linda indiazinha. Seu pai, chamado Iberê, era o chefe da tribo, e sua mãe, muito bela, chamava-se Jupiara. Tainá observa atentamente tudo que acontece na tribo. Seu pai dando ordens aos bravos guerreiros e eles imediatamente fazendo o que lhes fora ordenado. Todo esse poder que seu pai tinha a deixava muito impressionada. Tainá sentia muito orgulho de seu pai e em suas fantasias desejava ser tão poderosa e respeitada quanto ele. Ele lhe ensinou muitas coisas. Ela tinha um arco e flecha, e Iberê a ensinava a praticar, o que deixava a indiazinha muito feliz. Ensinou também a respeitar a natureza e conhecer os animais. As árvores que eram habitat de várias espécies de pássaros, os rios com suas corredeiras poderosas e águas cristalinas fundamentais para toda a tribo, a reverenciar o sol que tem poder para trazer luz e que quando adormece chama a escuridão dando lugar para a majestosa lua. Que a águia é a deusa do céu, a gazela é muito veloz, a onça pintada é a companhia da noite. Tainá aprendeu também a galopar. Seu cavalo era branco e muito belo. Certa manhã foram cavalgar. Após terem cavalgado muito, o céu escurece e começa uma terrível tempestade. Iberê avista uma caverna para se abrigarem. Mas um grande raio cai sobre uma árvore e um enorme galho atinge Iberê deixando-o muito ferido. Mesmo ferido os dois conseguem entrar na caverna. Ele não tem condições para voltar. A tempestade se acalma. Tainá regressa o mais rápido possível para a tribo. Exausta ela consegue chegar e os índios vão em socorro de seu chefe. Graças à sua coragem, tudo termina bem. A tribo comemora com uma enorme fogueira e agradecem com seus cantos e danças e a corajosa indiazinha recebe todas as homenagens por sua bravura, bravura herdada de seu pai, fazendo sua fantasia se realizar.

A MAGIA
DO AMOR

Era um casal humilde, seu Joaquim e dona Sebastiana. Eles tinham dois filhos. Seu Joaquim fazia de tudo um pouco, não rejeitava serviço. E a recompensa pelo seu esforço era poder sustentar a família. Dona Sebastiana ajudava o marido vendendo seus pãezinhos e também costurando. A vida para eles era muito difícil e penosa. Carlinhos, o mais velho, tinha um sonho, ter uma bicicleta, mas não havia condições para comprá-la. O tempo foi passando e ele nunca mais comentou sobre a bicicleta. O menino adorava animais e queria ser veterinário. Ele era muito esforçado, estudou muito e finalmente conseguiu se formar. Que felicidade para todos. Certo dia perto dali um cavalo de um rico fazendeiro adoeceu. Comentaram sobre o jovem veterinário. Carlinhos foi até a fazenda e, em poucos dias, o cavalo estava curado. Então ele ficou definitivamente trabalhando naquela rica fazenda. Carlinhos só progredia, com seu esforço e dedicação. Passando um tempo, ele conseguiu comprar uma bela casa para a família. Todo fim de semana ele ia visitá-los. Até que, em uma das suas visitas, Carlinhos tem uma surpresa. Durante todos esses anos, a dona Sebastiana conseguiu juntar algum dinheiro e comprar a tão sonhada bicicleta. Como coração de mãe é grande mesmo! Ela nunca esqueceu o sonho do filho. Apesar de agora Carlinhos ter condições para comprar tudo que deseja, para ele esse foi o melhor e mais especial presente. Só o que o dinheiro não compra é amor e felicidade. Carlinhos se emociona, abraça os pais e seu irmão, agradece por tudo que fizeram por ele, e recorda dos tempos das dificuldades pelas quais passaram. Mas tudo isso ficou para trás. Agora é começar vida nova, uma vida mais tranquila. E há quem diga que todos os domingos um rapaz feliz da vida passeia com sua bicicleta. Quem será?

SINFONIA NA LAGOA

Em uma lagoa maravilhosa rodeada por flores de diversas cores e também por uma linda laranjeira, moravam três sapinhos: Kako, Keko e Kiko, além de outros moradores, rãs, peixinhos, grilos e uma coruja, que com seus olhos enormes pousava na laranjeira enchendo as noites com seus cantos. Os sapinhos estavam cansados com tanta monotonia, toda noite coaxar, coaxar e coaxar. Eles queriam aprender a tocar e formar uma banda. Então decidiram pôr em prática sua ideia. Começaram a convidar seus amiguinhos da lagoa para formar a banda. No começo acharam essa ideia um tanto quanto estranha, mas por fim concordaram. E todos com muito entusiasmo foram aprendendo a tocar. As rãs na bateria, os peixinhos com suas flautinhas, Kako, Keko e Kiko no piano além de cantar também e os grilinhos por serem tão pequenininhos completariam as canções com seus cri--cris. Ops! Faltou a coruja. A espertinha aprendeu a tocar saxofone. E quem vai tocar violão? Convidaram o Maneco, o marreco que de vez em quando vinha dar seus mergulhos na lagoa. O penudo aprendeu rapidinho e logo estava dando um show com o violão. Puxa, que maravilha! Estava formada a banda. Agora os dias na lagoa passaram a ser muito mais divertidos. Todos os animais dali vinham assistir à banda tocar: o casal de ursos Edneia e Romeu, os esquilos Roelindo e Roelinda, os gambás Cravinho e Rosinha, que assistiam mais afastados, é claro, e cá entre nós: nada a ver os nomes deles, né, turma? O charmoso casal de veadinhos Valtinho e Veluma, entre outros animais. E, para ajudar na apresentação, até os vaga-lumes se reuniam para deixar o palco mais iluminado. Então prestem atenção, crianças, quando vocês estiverem passeando no campo em seus carros e ouvirem uma musiquinha lá longe, talvez seja a bandinha do Kako, do Keko e do Kiko que está botando pra quebrar.

CONVERSA DE CRIANÇA

Duas crianças em um parquinho começam a conversar: — Oi! Como é o seu nome? — Meu nome é Ricardo. E o seu? — Me chamo Jorginho. Seu cabelo é engraçado, Ricardo, todo encaracolado igual de um cabrito. — Não, Jorginho, você quer dizer carneiro, eles é que têm lã toda encaracolada. E você, Jorginho, tem o nariz parecido com uma batatinha. — Não, você está enganado, amigo, batata a gente só come. Lá em casa minha mãe frita um pratão pra mim. Mas ela diz que não posso comer todos os dias, tenho que comer verduras, frutas, e não tomar muito refri também. — O que sua mãe faz? — Ela faz comida pra mim e pro meu pai, e sempre tá lavando louça, roupa e as cuecas do meu pai. E a sua, Ricardo? — Ela é professora. O meu pai trabalha em um supermercado. — O meu é caminhoneiro. O que você vai ser quando crescer? — Não pensei ainda. — Eu também não. — Tenho um cachorro branco e preto chamado Bidu. — Eu tenho uma gatinha chamada Suzi. — Qual animal você gostaria de ser? — Um macaco, pra subir nas árvores quando minha mãe tá brava comigo. E você? — Eu queria ser um gato, aí lá em casa nunca mais teria rato. — Qual é o seu herói preferido? — O Hulk, porque ele é muito forte. — O meu é o Superman, queria voar igual a ele. Um dia prendi uma cortina da minha mãe nas costas e tentei voar, mas não deu certo. Eu só saí voando quando ela veio me pegar louca da vida. — Ricardo, vamos no escorrega? — Puxa, ele esquenta o bumbum da gente. Agora vou no balanço. — Veja como estou me balançando alto. — Olha o arco-íris! Minha vó me contou que lá no céu também existem muitos brinquedos e que às vezes, quando os anjos estão pintando os brinquedos, eles tropeçam nas latas de tinta e aí aparece o arco-íris. — Que legal, eu não sabia disso, Jorginho. — Oba! Lá vem o pipoqueiro! — Oi, moço, queremos dois pacotes. — Que pato engraçado lá no lago. Vamos dar pipoca pra ele. — Como é guloso, quantas pipocas ele tá comendo. Até parece meu pai, ele senta na frente da televisão e come um montão de pipoca, aí depois quando ele dorme eu vou lá e coloco no meu canal de desenho. Sou mesmo um garoto muito esperto. — Veja, Ricardo, nossas mães estão chegando.

— Oi, meninos, se divertiram?

— Foi muito legal. A gente se divertiu muito, sim. — Tchau, Ricardo. — Tchau, Jorginho. — Venha outro dia pra gente brincar. — Combinado, amigão. — Venho sempre à tarde.

Que felicidade seria se os adultos dessem continuidade a tudo de bom que viveram e aprenderam na infância. Com certeza o mundo seria bem melhor. Mas tristemente não é assim, porque para muitos a sinceridade e a pureza dos tempos de infância foram embora. As conversas de crianças foram apagadas da memória.

A LENDA DE JONAS E A ÁRVORE MISTERIOSA

Jonas era um lenhador que morava sozinho em sua cabana. Levava uma vida tranquila em meio a tanta natureza. Certa manhã o lenhador se distancia um pouco mais à procura de lenha. Jonas, para seu espanto, encontra uma árvore envolta em uma redoma de vidro, de folhas prateadas e frutos vermelhos. Tenta quebrar o vidro com seu machado, mas não consegue. Amedrontado retorna para a cabana. Certo dia percorre um longo caminho pela mata e avista um velho senhor que alimenta alguns animais. O bondoso senhor convida Jonas para entrar e lhe fazer companhia. Ele vê os quadros de uma bela jovem, são de sua filha, que há muito tempo desapareceu. Quando o lenhador vai embora, leva consigo um dos quadros, pois se encantou com a beleza da jovem. Um belo dia, Jonas apanha um tronco e começa a esculpir a imagem da jovem. Aos poucos o tronco vai se enchendo de formas e a escultura fica pronta. O lenhador guarda com o maior carinho em sua cabana, para todos os dias ficar admirando. Ele está apaixonado pela linda moça. E quanto à árvore misteriosa? Ele se encoraja e vai dar uma espiada. Quando chega vê que o vidro está em cacos, as folhas caídas, os galhos secaram e os frutos apodreceram. Jonas sente um frio na espinha e sai logo dali. Bem, os dias passam e ele vai visitar seu novo amigo. Começa a ouvir risos e conversas vindos da cabana. Ele não acredita no que vê. O amigo apresenta sua filha a Jonas e ela conta o que aconteceu: um belo dia estava à procura de flores na mata, andei muito e me perdi. Avistei uma linda árvore de folhas prateadas carregada de frutos vermelhos. Me aproximei e comecei a comer os frutos quando um feiticeiro apareceu e disse: comeu os frutos da minha árvore, prisioneira aqui vai ficar, ninguém irá te ver nem te escutar. E agora quem por você se apaixonar fará o feitiço se quebrar. E dava gargalhadas. Mas certa manhã quando acordei estava livre. Como foi possível alguém se apaixonar por mim para o feitiço se quebrar? E o lenhador revela: ele está aqui em sua frente. Tudo termina bem e tem um final feliz. Essa é a lenda de Jonas e a árvore misteriosa.

NUNCA É TARDE PARA MUDAR

Senhor Afrânio é um rico empresário. Com a perda de sua esposa, dona Iolanda, tornou-se um homem amargurado, revoltado com a vida. Ele tem três filhos: Mariana, Ricardo e o mais velho, Henrique. Em sua casa, trabalha Dolores, uma simpática senhora responsável por cuidar da casa, e seu Aparecido, o jardineiro que embeleza o enorme jardim com suas mãos habilidosas. O empresário não dá espaço para intimidades. Ele demonstra também pouco afeto pelos filhos depois do ocorrido com dona Iolanda, o que lhes provoca profunda tristeza. Outrora o pai amoroso lhes dava toda a atenção, preocupava-se em saber de tudo o que acontecia em suas vidas. Em seu coração, agora não tem mais lugar para afeto, felicidade e amor. Todos fizeram o possível para agradar o pai, mas ele, como sempre, indiferente, sem mudar absolutamente nada. Era uma situação muito penosa, dolorosa para a família. Até quando seria assim? Até mesmo dos amigos com os quais compartilhou momentos de muita alegria seu Afrânio se afastou. Quer levar uma vida reclusa, voltado apenas para o trabalho. Os anos passam, os filhos casam e chegam os netos. Quem sabe agora com crianças na casa a alegria volte novamente. Mas o avô trata os netos da mesma maneira que trata a todos. Ele não aceita carinho nem quer dar carinho. Bem, certo dia Henrique com seu filhinho de cinco anos vão visitar o avô. Ele está sentado em sua poltrona lendo jornal. Então cumprimenta ambos e continua sua leitura. Miguel, seu netinho, começa a vascular com curiosidade a casa. Encontra no escritório uma foto de dona Iolanda. Vai até o avô e quer saber quem é ela. Seu Afrânio, muito desgostoso, repreende o neto por mexer em suas coisas e depois o manda brincar lá fora. Quem presencia toda a cena é Henrique, que explica para o filho: — esta é sua avó, que foi morar com anjinhos lá no céu. E o menino, fazendo cara de choro, diz: — é por isso, papai, que o vovô Afrânio é triste e não gosta da gente. Um dia pedi para me empurrar no balanço lá do jardim e ele não apareceu. Henrique se despede de longe e parte. O avô, que antes estava de cara fechada, começa a mudar de semblante. Ele pensa naquilo que o netinho disse e um sentimento novo se apodera de seu coração: arrependimento. Depois de refletir muito, se convence de todos os erros que está cometendo com a família e consigo mesmo. É hora de recomeçar, acordar novamente para a vida. Amar a quem está do seu lado e que deseja seu bem. Nunca é tarde para mudar. Nunca é tarde para se arrepender e ser feliz.

ELEONORA

Em um castelo, morava um rei chamado Elísio e seu belo filho Sebastian. O rei reinava de maneira exemplar e magnífica. Ele ouvia o povo e atendia sempre a seus pedidos. Os cidadãos estavam satisfeitos e viviam felizes na humilde cidade. Eles amavam também o príncipe, pois tinham certeza que futuramente Sebastian reinaria de maneira formidável igual ao pai. Todas as manhãs, o príncipe ia cavalgar pela floresta e parava embaixo de uma árvore para descansar. Então começou a observar que sempre uma pomba pousava na árvore e arrulhava para ele. Isso tudo era muito estranho. Sebastian carregava em seu pescoço uma linda corrente de ouro com uma cruz pendurada que ganhara de seu pai. Certa manhã foi cavalgar como de costume e foi surpreendido por um urso. Seu cavalo dispara velozmente e mais ao longe ele cai. Sebastian fica muito ferido. A misteriosa pomba havia seguido o príncipe e pousa ao seu lado. Um pensamento repentino faz com que entregue a cruz para ela. A pomba segue para o castelo, pousa em uma das janelas e começa a arrulhar com persistência. O rei imediatamente reconhece a cruz e sabe que algo aconteceu com seu amado filho. Com uma escolta, seguem a pomba, que os conduz até Sebastian. Bem, com o passar dos dias, ele se recupera. Até que, em determinada manhã, quando sai para cavalgar, surge em sua frente uma linda moça que faz seu coração disparar. Diz que se chama Eleonora e que também é uma princesa. Conta para Sebastian sua triste história. Um bruxo cruel e impiedoso lançou um feitiço sobre ela porque se recusou a casar com ele. O bruxo a transformou em uma pomba e o feitiço só seria quebrado se ela socorresse alguém. Como isso seria muito difícil e improvável de acontecer, passaria o resto de sua vida assim. Mas salvando Sebastian o feitiço se quebrou, e ainda mais: Eleonora se apaixonou por Sebastian. O príncipe fica comovido com sua triste história e diz que também está apaixonado por ela. Eleonora vai ao encontro de sua mãe e os dois se casam abençoados pelo rei e pela rainha. E quanto ao bruxo? O feitiço vira contra o feiticeiro. Ele se transformou em um pássaro negro horripilante vagando solitário pelas noites adentro.

BARTOLOMEU, O GATINHO TRAVESSO

Esta é a história de Bartolomeu, um gatinho muito esperto. Bartolomeu morava com uma menina chamada Clarice. A vida do bichano era comer e dormir o dia todo, isso quando não estava aprontando com Hércules, um buldogue que também fazia parte da família. Quantas travessuras ele aprontava com o pobre cão. Bartolomeu tinha uma buzina que, de vez em quando, apertava para acordar o pobrezinho e depois se rolava no chão dando muitas risadas. Pela manhã Hércules como sempre ia até a porta esperar por Clarice para dar seu passeio matinal. O gato travesso apanhava o regador de sua dona, enchia de água, subia sorrateiramente na casinha do cãozinho e derramava água na frente da entrada fazendo o tolinho pensar que estava chovendo. Ele então voltava dormir e Clarice pensava: — acho que hoje Hércules não quer passear, vou deixá-lo descansar. E ela entrava na casa. E novamente o gato sapeca dava muitas risadas. E as travessuras não param por aí. O malandro tinha estalinhos que jogava perto da casinha e saía gritando: viva São João, viva São João. E o pobre tremia de medo. À noite, após um dia exaustivo, era hora de namorar. Ele subia no muro e ficava olhando para a janela do vizinho. Logo ela aparecia, Filomena, a gatinha pela qual o bichano era apaixonado. Após o namoro com Filomena, era hora de se recolher para dormir em sua caminha macia. Bem, na casa morava um certo ratinho chamado Chapinha, que agora também começa a fazer parte desta história. Chapinha e Bartolomeu se tornaram amigos porque haviam combinado algo. Quando o gato malandro queria se fartar de coisinhas gostosas da cozinha, ele dividia as sobrinhas com seu amiguinho roedor. Era uma festa só. Então pela manhã, na área de sua dona, ele trazia o ratinho e mostrava para ela, tudo de mentirinha, é claro. Clarice então dizia: — puxa, quantos ratos há nessa casa! Ainda bem que tenho você, meu querido gatinho. Bartolomeu saía dali e então libertava Chapinha. Certo dia ele viu sua dona saindo. Ela voltou trazendo uma caixinha com alguns buraquinhos. De repente sai dela um gato que curioso começa a observar a casa. Sua dona diz: — este é Frederico, que irá lhe fazer companhia e também ajudar a caçar os ratos. Chapinha, quando ficou sabendo, fez as malas mais que depressa e partiu com a família. Agora acabaram as regalias na cozinha. E assim foram passando os dias. Os dois convivendo juntos, mas sem muita intimidade. Frederico dormia no sofá da sala. Em certa noite, Frederico estava no muro e avistou Filomena. Ele ficou apaixonado por ela e ela também caidinha por ele. — Oh mundo cruel! Agora também perdi minha gatinha. Com todos esses acontecimentos, Bartolomeu se esqueceu até de perturbar o Hércules. Mas, em um belo dia no jardim, o bichano avista uma gata toda dengosa na casa do outro vizinho. Descobriu seu nome. Juliete. Foi amor à primeira vista. Enfim tudo terminou bem. Frederico com sua Filomena e Bartolomeu com a charmosa Juliete. E quanto ao Chapinha? Ele com sua família foram morar no campo para levar uma vida mais tranquila e de preferência longe de gatos. Desejamos boa sorte para você também, Chapinha.

A HORTA DE DONA MARTA

Dona Marta tem uma horta maravilhosa. Ela quer cuidar de sua saúde muito bem. Dona Marta não merece nota dez, merece nota cem! Quantas verduras e legumes ela tem! À tarde nunca esquece de regá-los para crescerem bem rapidinho, e pela manhã vai tirá-los, verdinhos, fresquinhos. E tem mais, ela ensina para as crianças a incluir em suas refeições legumes e vegetais. E dona Marta fica entusiasmada quando a criançada quer saber sempre mais. Ensina também para as crianças que procurem por frutas saborosas na geladeira e parem de comer tanta besteira. Ficar vendo a mãe preparar abobrinha e não fazer aquela carinha. Ao contrário, ficarem bem entusiasmadas, com uma fome louca, com água na boca. Com muita calma, ela explica que o repolho tem seu cheirinho, mas no prato é uma delícia bem refogadinho. Não comprar tomate em lata, é melhor não usá-lo, o certo é fazer na panela, é tão fácil prepará-lo. Por que comer somente batata frita? Ela fica saborosa cozida ou assada acompanhada com uma salada. E elas interessadas perguntam: — qual salada, dona Marta? E ela responde: — tem várias opções, crianças: pepino, alface, vagem, tomate. Podem comer à vontade. Isso é refeição de verdade. Trocar a Coca-Cola gelada por uma refrescante laranjada ou limonada. Ela diz para as crianças que a dona Cenoura, o seu Chuchu, a madame Escarola e outros mais é que são verdadeiros super-heróis, que irão fazê-las crescer, se fortalecer, dando saúde e energia para seu dia a dia. Comer uma salada de frutas bem sortida, bem colorida, vai ser uma festa bem divertida. Como é gratificante ensinar, compartilhar, pensando no bem de todos. Ter uma vida mais saudável, comer aquilo que você mesmo plantou. Já pensou? Então mãos à obra, não perca tempo, siga o exemplo de dona Marta, um canteiro grande ou pequeno, não importa, algumas mudas ou sementes vão lhe custar bem baratinho. Será que na sua casa não está sobrando aquele cantinho? Depois basta somente cuidar dele com muita dedicação e carinho. E não se esqueça, sempre incentive as crianças bastante, isso é muito importante.

O CONTO DA CIDADE DE FLORISBELA

Em um lugar distante, havia uma cidade parecendo conto de fada. A cidade se chamava Florisbela. Os habitantes viviam felizes e agradecidos por tudo que tinham. Muitos viviam do que cultivavam, pois a terra era rica e fértil. Outros criavam animais que podiam ser vistos pelos seus campos verdejantes. Nela morava um menino chamado Edmund. Ele tinha um segredo. De tempos em tempos, uma fada aparecia e lhe perguntava: Edmund, qual é seu pedido? Quero papel para desenhar e lápis coloridos para pintar. Era o que mais gostava de fazer. Ele guardava todos os seus desenhos e pinturas, inclusive da cidade com todas as suas belezas. Mas um dia apareceram na tranquila cidade dois bruxos que estavam decididos a demonstrar a todos qual deles tinha maior poder. Um dos bruxos fala: — Vou transformar aquela flor em uma menina. E pronto. E o outro: — Transformarei aquele porco em um homem elegante. — Isso não é nada. Farei aquele pintinho virar galinha e a cadeira andar. E o outro bruxo com muitas gargalhadas responde: — E esse gato vai virar onça e a vassoura vai falar. Os moradores estavam apavorados e temerosos em pensar no que os bruxos aprontariam ainda. Até que um deles fala com ar de vitorioso: — Vou provar a todos que sou o melhor bruxo. E de repente tudo fica totalmente sem cor. E os moradores ficam paralisados de medo. Aí o outro bruxo responde: — Ainda não me dei por vencido, pensarei em um feitiço melhor que o seu e serei vitorioso. E agora? O que será da pobre Florisbela? Então, Edmund tem uma ideia brilhante. Ele apanha as pinturas da cidade e diz: — Querida fada, amo muito minha cidade, faça com que minhas pinturas se tornem realidade. E logo então tudo passa a ter cor e vida novamente. Ninguém entendeu o que foi que aconteceu, mas respiraram aliviados. Edmund jamais poderá revelar seu segredo a quem quer que seja. Depois disso Edmund tem outra ideia, desenha e pinta os dois bruxos e deixa guardado. Bem, após alguns dias, os bruxos aparecem novamente. Um dos bruxos, dando muita gargalhada, diz: — o que houve com seu feitiço? Hoje provarei que sou o melhor. E o menino esperto rapidamente apanha os desenhos dos bruxos e apaga os malvados e eles desaparecem deixando todos boquiabertos sem saber o que houve afinal. A paz e a tranquilidade voltam a reinar na cidade de Florisbela e tudo graças a Edmund.

UMA SÁBIA LIÇÃO

Em certa ocasião, um sábio chinês chega a uma cidade. Em suas viagens pelo mundo, conhecia vários lugares, e pessoas de todos os tipos, raças e crenças. O sábio aprendeu também várias línguas com suas andanças, sempre procurando levar seus ensinamentos e lições a todos que estivessem dispostos a ouvi-lo. Ele pediu aos moradores da cidade permissão para escolher sete moças e dali vinte dias voltar para decidir qual a merecedora de um lindo presente. Todos concordaram e ele então escolheu as sete moças e partiu. Elas ficaram eufóricas e dispostas a fazer de tudo para serem a escolhida. Alguns dias depois, aparece na cidade um outro chinês, mas que as pessoas ignoraram. O pobre homem estava faminto, exausto e procurava um abrigo. Mariana, uma das moças escolhidas, acolheu o homem em sua casa, o qual foi bem recebido por todos da família. Ela era doce, humilde, caridosa, sempre disposta a ajudar seu próximo. O chinês permanece na cidade. As moças então começam a escolher os mais exuberantes vestidos, os mais caros sapatos, decidir os penteados que irão usar, tudo para impressionar o sábio, que em breve retornaria. Mas Mariana não está preocupada com nada disso. Usará os trajes simples de que dispõe, seus sapatos já um tanto quanto gastos e uma bela flor para enfeitar seus longos cabelos. Chega o dia, o sábio volta e diz: hoje como prometi vou fazer minha escolha, mas antes quero apresentar o meu amigo de jornadas, e o chinês se aproxima. Ele então revela: — durante todo esse tempo em que estive aqui, observei muitas coisas ruins e maldades. No coração de vocês, há somente lugar para inveja, luxúria, soberba, e falta de amor ao próximo. Então o sábio entrega o presente para Mariana, um lindo colar. As outras, surpresas e indignadas, perguntam a ele: — como o senhor pode escolher Mariana? Nós é que somos belíssimas e merecedoras do presente. Dito isso o sábio pega uma maçã belíssima, corta a maçã e ela está toda bichada. Ele explica: — vocês são como essa maçã, belas por fora e bichadas por dentro. O que mais importa na vida é a beleza interior. Os dois se despedem e partem deixando para todos da cidade essa sábia lição.

O SURPREENDENTE CONTO DE PÁSCOA

Em uma pequena cidade, havia um senhor chamado Januário. Ele era dono de um belo sítio. Todos os anos, era realizado um concurso para escolher os animais mais bonitos das redondezas. Seu Januário já havia ganhado muitos troféus que exibia orgulhoso em sua cristaleira. Sempre participava com os animais mais belos de seu sítio: um peru chamado Leopoldo, o pato Carlitos, um ganso muito gracioso chamado Don Juan, uma gorda galinha chamada Emengarda e o coelho Efigênio. Estava se aproximando o dia do concurso e seu Januário todo entusiasmado começa a arrumar seus animaizinhos com todos os cuidados e mimos. Por fim chega o grande dia. Mas aconteceu que à noite apareceu para eles uma belíssima fada de vestido cor-de-rosa que deixou os animais admirados. A fada lhes diz: — não acho justo só o dono de vocês ganhar prêmios e vocês não. Quero dar para o vencedor um prêmio também. A fada desaparece e todos vão repousar, menos a astuta galinha. Ela está decidida a vencer. Emengarda põe em ação o seu plano. Primeiro ela vai cuidadosamente até o peru e corta algumas penas do seu majestoso rabo. Aí vai até o pato Carlito, passa cola em seu bico e enche de penugens. Agora é a vez do ganso. Ela lambuza de graxa suas magnificas penas. Só falta o coelho. Com vários frasquinhos de tinta do netinho de seu Januário, ela deixa coloridos os pelos macios e branquinhos do pobre Efigênio. O galo canta fazendo todos despertarem. Seu Januário foi apanhar os animais e não acreditou no que viu. Mas, como restava pouco tempo para começar o concurso, ele não podia fazer mais nada. Ajeitou os animais na carroça e partiram. Quando os bichos de seu Januário começam a desfilar, os jurados dão muitas gargalhadas e Emengarda pensa: serei a vitoriosa, o prêmio da fada já está no papo. Mas um participante chama a atenção deles, o Efigênio. Eles acham o coelho belíssimo, magnífico. Após algum tempo, os jurados decidem: o vencedor é o Efigênio. E o dono, feliz da vida, leva mais um troféu para casa. Enfim tudo terminou bem, menos para Emengarda, é claro, que volta aos prantos para casa. Chega a noite, a fada aparece e diz: — vim entregar o prêmio como havia prometido. Então, ao redor de Efigênio, surgem coelhinhos e ovos de chocolate de todos os tamanhos embrulhados em papel de diversas cores. E a fada fala: — você será símbolo em dia muito especial para a humanidade chamado Páscoa, que se comemora com chocolates, e o mais importante: nesse dia é celebrada a ressureição de Nosso Senhor. Bem, esse é o surpreendente conto de Páscoa.

BARULHO NO GALINHEIRO

Em um sítio, havia dois galos chamados Kirera e Galeto, duas galinhas gordas e charmosas, a Doroti e a Amélia, além de outras galinhas que dividiam o galinheiro com eles. No sítio também moravam duas vacas, a Tutti Frutti e a Framboesa, dois cavalos, o Risonho e o Dentadura, cabritos, carneiros e patos que nadavam em um pequeno lago. Ao amanhecer começava a confusão no galinheiro. Os dois galos, para impressionar a Doroti e a Amélia, cantavam tão alto que quase deixavam a bicharada surda. Havia um velho espelho e os dois ficavam se admirando, escovavam as penas, estufavam o peito e saíam fazendo pose de galã. Depois era hora dos agradinhos. — Trouxe essas minhocas bem gordas para vocês, dizia Kirera. — Que gentileza. — Achei dois grilos suculentos para as mais lindas do galinheiro, dizia o Galeto. E então começava a discussão. Bem, era assim todos os dias. Certa vez o dono, seu Adalberto, precisou se ausentar por alguns dias. Pediu para um conhecido alimentar os animais. Ele chegava cedo, tratava todos e partia. A bicharada, aproveitando a ausência do dono, resolveu fazer um baile no celeiro para sair da monotonia. Apanharam um grande e velho rádio de seu Adalberto e levaram para o celeiro. Chega a noite e as primeiras que aparecem são Doroti e Amélia, que exibidas desfilam com seus vestidos de festa e seus lindos colares, que deixam escondidos no galinheiro só para ocasiões especiais, é claro. Os demais vão chegando e começa o baile. Tudo era só diversão, até que, para surpresa de todos, surge um ganso todo elegante e pomposo de fraque, cartola e carregando uma longa bengala. Ele se apresenta: me chamo Elvis. Eles o convidam para entrar. As duas galinhas ficam encantadas pelo Elvis e suspirando dizem: — Oh! De onde veio essa belezura?

Parece um artista. Enquanto o ganso tira as duas para dançar, Kirera e Galeto ficam em um canto morrendo de ciúmes. Bem, tudo corria às mil maravilhas. Até que, para surpresa de todos, o ganso revela sua real identidade e diz: me passem seus colares, suas galinhas gordas, senão vou acertar vocês com minha bengala! Doroti e Amélia ficam paralisadas de medo. Os galos não pensam duas vezes e pulam no ganso com suas esporas dando-lhe uma boa surra. Ele sai voando dali sem olhar para trás. O baile termina e todos vão se recuperar do susto. Depois desse episódio, Kirera e Galeto se tornam bons amigos. Finalmente a paz vai reinar no galinheiro. Mas, para engano de todos, agora são Doroti e Amélia que brigam o tempo todo para chamar atenção dos galos heróis. Começou tudo de novo. Ninguém aguenta mais seus có-có-ri-cós. Haja paciência.

A MORTE NÃO É O FIM,
E SIM O RECOMEÇO

Assim de repente, tudo para, a vida para. Você se vê em um caminho desconhecido, segue por ele e não consegue mais voltar. Se esquece, deixando tudo para trás. Mas logo em sua frente ALGUÉM de braços abertos, que lembra sempre de você, vem encontrá-lo, recebê-lo, vem guiar seus passos, dar-lhe a calmaria de que tanto necessita, dar-lhe vida e luz novamente. Esse ALGUÉM vem chamá-lo para ficar com ELE em um lugar maravilhoso com seus outros filhos amados. Agora você não está mais perdido. As dores, doenças e tristezas, essas, sim, ficaram esquecidas, perdidas pelo caminho. Isso é o que penso sobre nossa partida deste mundo, que a morte não é o fim, e sim o recomeço. Quero também transmitir força e coragem para quem perdeu pessoas amadas e amigos verdadeiros. Dizer que tenham fé, porque creio fervorosamente que onde estão há somente luz e paz. Sei que é difícil compreender, difícil ainda mais aceitar, amenizar toda a dor, saudade e tristeza que se apoderam do coração com a partida de um alguém. Mas devemos estar convictos, compreender que nós também um dia vamos trilhar o mesmo caminho, o caminho que é igual para todos, independentemente de cor, raça, crença e posição social. Esta é a realidade da vida, da existência. Nascemos e morremos. Não podemos nada fazer contra isso, mas podemos tentar enxergar por um outro ângulo para que consigamos ao menos ser confortados, e abrandar a tristeza, as lágrimas. Crer que elas perderam a vida aqui, mas que não é o fim de tudo. Crer que ganharam uma vida ainda mais maravilhosa e plena: a vida eterna. Acreditar no reencontro. Que todas as mágoas, doenças, tristezas não mais existirão, pois ali não há lugar para elas. Nesse paraíso só existe lugar para o amor, o perdão e a felicidade pelo reencontro, porque a morte não é o fim, e sim o recomeço da vida, da vida eterna.

REFLEXÃO PROFUNDA

Somos como uma semente. Estávamos protegidos, em silêncio absoluto. Aos poucos ela foi crescendo, se fortalecendo. Então, em um dia maravilhoso, em um momento inesquecível, todo o silêncio se rompe. Nascemos, despertamos para a vida. Começa nossa jornada. A vida, o livro das memórias. Cada um com seus momentos, sentimentos, cada um com suas histórias. A infância alegre ou embora triste nunca mais esqueceremos, tudo ficou gravado na memória. As brincadeiras divertidas, as tardes de verão jogando bola, o primeiro ano na escola. E então o tempo passa como num estalar de dedos e um dia assim de repente nos vemos rindo com nossos pais recordando aquela fase da inocência em que acreditávamos em lobo mau, saci-pererê, mula sem cabeça, as fantasias de criança. Chega nossa vez agora de assumirmos o papel de mãe, de pai, hora de pensar no futuro, nas responsabilidades, vencer barreiras, e se enraizar no mundo, fazendo essas raízes crescerem, se fortalecerem. Começamos a ver tudo mudando, se transformando, cada dia numa nova e maravilhosa experiência. E novamente o tempo passa acelerado como num sopro. E percebemos um fiozinho branquinho que tenta se esconder, tenta se disfarçar entre nossos cabelos, mas sem chance. Mas esse fiozinho indesejado trouxe a felicidade de vermos em nosso colo uma criança conversadeira, comendo aquele pão de ló que preparamos com todo o carinho, nos chamando de avô ou de avó. Esse deveria ser o ciclo normal, natural da vida. Mas muitas vezes não é assim, porque infelizmente por fatalidades muitos de nós não tiveram a oportunidade de viver tudo isso, de viver cada fase da vida. Então cada minuto é o bem mais precioso, mesmo que tenhamos passado por momentos difíceis. Devemos ter fé, acreditar e nos esforçar para seguir em frente. Acreditar que DEUS nunca irá nos abandonar e que um dia seremos sementes de seu jardim, e que as flores desse jardim jamais morrerão, porque ali terão vida eternamente.

SOMOS SERES INCOMPLETOS

DEUS nos criou à sua imagem e semelhança. Disso todos nós sabemos. Mas quanto ao nosso interior? Será que se assemelha com o de DEUS onde só há amor, bondade, compaixão e que quer sempre o bem de todos? Nossos olhos deveriam enxergar as dificuldades de nossos semelhantes, enxergar que pessoas muitas vezes necessitam de nossa ajuda para terem a possibilidade, a coragem e a oportunidade de seguir em frente. Que muitas crianças, idosos, enfermos precisam de carinho, amor, precisam nem que seja de alguns minutos de nossa atenção e que assim estaríamos ajudando a curar suas mágoas, tristezas e até abrandando suas enfermidades. Mas nossos olhos estão vendados e tudo isso passa despercebido por nós. Infelizmente é assim. Nossos lábios deveriam transmitir palavras de conforto, confiança, incentivando os outros para nunca desistir diante das adversidades da vida. Uma boa palavra dita na hora certa tem muito valor, é muito preciosa. Tenha certeza disso. Ela pode mudar muita coisa, mudar o rumo de tudo, mudar até o fim da história para um final feliz. Mas quantas vezes nossos lábios se calam, emudecemos. Infelizmente é assim. Quantos chamam pedindo por ajuda, desesperados em seu sofrimento, procurando no meio de milhares de pessoas ao menos uma que ouça os seus apelos. Mas fingimos não ouvir. Ouvimos somente o que queremos, o que de fato nos interessa. Infelizmente é assim. Estender nossa mão para alguém que está desorientado, perdido, para não deixá-lo cair em um abismo de profunda tristeza, onde para ele não há esperança alguma. Abrir nossos braços e abraçar quem há muito tempo nem lembra mais o que é isso. Isso raramente acontece. Quantos cometem atos hediondos, punem, e até acabam com outras vidas. Deveriam, sim, é socorrer, proteger vidas, e não tirá-las. Dar valor à sua vida e à de seus semelhantes. Tanta violência, tanta agressão. Infelizmente é assim. Essa é a triste realidade do mundo em que vivemos. Nós não podemos mudar tudo, isso seria impossível, mas nós podemos mudar. Mudar de atitude, de pensamento. Enxergar nosso interior e refletir sobre o que está faltando para ele ser completo. Com certeza o que está faltando é preenchê-lo com mais amor.

A MENINA ABENÇOADA

Esta é a história verdadeira de uma menina e de seu filho amado. Há muito, muito tempo, nasceu essa bela menina e seu destino já estava traçado, ver seu filho ser crucificado. Deu a ele o nome de Jesus. Ele fez muitos milagres. Curava as pessoas apenas com seu olhar e um toque de sua mão, e sempre agradecia a Deus em sua oração, mesmo sabendo Jesus que morreria em uma cruz. Maria, menina divina. Maria, mulher abençoada. Que por Deus foi escolhida para ser nossa mãe adorada. Na oração de Ave-Maria, entendemos bem o que ela representa. Mãe cheia de graça, mãe bendita entre as mulheres, que nos faz enxergar o caminho e sempre nos conduz, mãe cheia de luz. Às vezes as tristezas vividas se apoderam de minha alma. A quem recorrer para me dar conforto e calma? Ao maior psicólogo do universo, que me entende, me compreende, sabe tudo sobre mim, dos meus medos, dos meus segredos: Deus. Então devo reconhecer tudo o que fez e faz por mim e lhe agradecer a cada amanhecer. E também à Maria, que trouxe Jesus ao mundo, dando sua vida para salvar nossas vidas. Essa história será lembrada de geração para geração e também recordada no momento de oração, e a vida só terá sentido, só será duradoura se guardarmos Jesus e Maria no coração. Para finalizar me questiono também: por que acontecem tantas coisas ruins no mundo? Afirmo com certeza que a culpa não é de Deus. Qual é o pai que deseja o mal para seus filhos? E qual maior prova de amor em oferecer a vida de seu filho amado para salvar nossas vidas? Então chego à conclusão de que muitas vezes o culpado é o próprio ser humano. E penso também que muitos fatos ruins que acontecem fogem ao nosso entendimento compreender, saber o porquê de tudo isso, nos fazendo sempre questionar. Mas não devemos nunca culpar a Deus, como citei anteriormente, porque ele nos deu a maior prova de seu amor por todos nós: a vida!

O CIRCO DA VIDA

Todo indivíduo tem na vida papel importante, exclusivo, único, e cabe a cada um realizá-lo da melhor maneira possível nesse grandioso, fabuloso picadeiro que é palco de infinitos espetáculos chamado mundo. Já pequeninos fomos confortados, acalmados por nossos pais por inúmeras vezes com gestos e caretas engraçadas, brincadeiras que faziam cessar as lágrimas e tirar de nós risinhos e até gargalhadas. Devemos sempre equilibrar com muito cuidado e cautela o que temos, o que conquistamos, para que tudo não acabe desmoronando, senão o que restará serão fragmentos que às vezes não conseguiremos mais reorganizar. Passamos também por situações em que cabe a nós tomarmos decisões difíceis. A vida muitas vezes nos coloca em uma corda bamba que precisamos atravessar sem titubear, sem se desequilibrar, vencendo nossos medos para que consigamos chegar até o fim. Precisamos também ter pulsos firmes para aguentar, para suportar e não desistir de tudo que nos é imposto dia após dia, pois nem sempre as coisas são como desejamos, como esperamos, temos que ser fortes e corajosos para não cairmos desse trapézio imaginário, o trapézio da vida. Viver é assim, um globo que gira sem parar, e cada um de nós procurando encontrar o melhor caminho para seguir, acreditando, tendo esperança de que tudo dará certo e será um final feliz. Somos artistas verdadeiros, sem interpretação. Somos o que somos. Afinal temos que seguir em frente porque o espetáculo não pode parar.

TUDO É ASSIM PERFEITO

Amanheceu. Que alegria ver o sol com sua luz radiante nos trazer mais um dia brilhante! Como é bom abrir a janela, devagar despertar e vê-lo no céu glorioso, imponente sem se intimidar. Comtemplar o céu azul, sonhar já estando acordado ao ver tanta beleza, tão graciosa natureza. Com tudo se emocionar, se encantar. Esse menino dourado tão maravilhoso, majestoso, tão adorado te dando forças para continuar, perseverar. Com seus raios poderosos, atinge teu coração, te faz sair da nostalgia, te enchendo de ânimo, de alegria. Mas de repente, ao longo do dia, o tempo muda, o que fazer? Esperar. Esperar ansiosamente que depois daquela chuva inesperada, gelada, que as gotas cessem e ele novamente vá aparecendo e com sua presença aquecendo. Um cenário lindo para se admirar, de cores tão belas. O dourado do sol entre nuvens brancas e macias se misturando ao azul do céu é de tamanha formosura, uma verdadeira pintura a qual ninguém consegue copiar, imitar, porque DEUS é seu único pintor, o sábio CRIADOR. Por fim chega a noite e o menino devagar adormece, precisa repousar para amanhã recomeçar. No céu quem aparece agora é a lua, linda, esplendorosa, que vem fazer a sua hora. Ao seu redor, também uma infinita plateia vem contemplá-la, admirá-la. São as estrelas, que preenchem o céu, deixando-o mais iluminado e por nós mais admirado. Todas essas maravilhas foram bem planejadas, criadas, não poderia ser de outro jeito, tudo é assim perfeito.

A NATUREZA PEDE AJUDA

A natureza deveria ser só beleza. No entanto o que se vê é lixo, impurezas nos rios, poluição. Que tristeza! Seres humanos e animais procurando neste planeta um cantinho belo e limpo para desfrutar, o difícil é encontrar. O homem se considera tão moderno, evoluído, inteligente. Mas na verdade é ignorante, desleixado, nem parece gente. Ar puro, árvores verdejantes para abrigar as pequeninas aves, águas límpidas para privilegiar a todos. É tão simples de alcançar, é só você cuidar. As crianças e jovens de hoje em dia são só tecnologia, computador, celular. Isso tudo os faz acreditar que são a evoluída e perfeita geração. Eles deixam de lado o que é realmente importante na vida, como cuidar da natureza, amá-la, respeitá-la. Estão totalmente sem orientação. Então oriente seus filhos para nós não sofrermos maiores consequências. Ainda há tempo para você fazer algo. Mude suas atitudes, faça a sua parte. Tenha consciência de que você estará beneficiando não somente você e sua família, mas todos. Preservando a natureza, cuidando, com certeza o mundo se tornará um lugar melhor para se viver. Faça dela sua segunda casa, a qual você cuida com todo carinho e dedicação. Pense em tudo isso, porque realmente a natureza pede ajuda.

A VIDA É COMPANHEIRA DA ALMA

A vida é companheira da alma, é preciosa e nos surpreende dia a dia. Cada manhã deve ser vivida com gratidão, exaltada pelo coração e comemorada pelo privilégio de continuarmos nossa jornada. Há, sim, momentos de lamentos que fazem nosso coração padecer, mas que com o tempo superamos e nossa alma volta a renascer, a florescer. Assim é a vida. Nós, como meros jurados, muitas vezes a julgamos pelo fato de ser madrasta, cruel e impiedosa. Mas logo então nos tornamos mais brandos e cautelosos e admitimos que a julgamos de maneira errada, porque ela tem seu outro lado, ela também é linda, maravilhosa e abençoada. Ter perseverança, coragem e ousadia para enfrentarmos as intempéries e seguirmos, não parar pelo caminho. Entender que não há somente espinhos, que nosso trajeto também é repleto de lindas flores, amores, momentos inesquecíveis, pessoas maravilhosas que alegram nossa vida e sustentam nossa alma. Pare e reflita sobre como tudo é perfeito: o nascer do sol nos chamando para a vida, se alegrar com o canto dos pássaros, andar na areia da praia em um fim de tarde e relaxar com o murmúrio das águas, apreciar o pôr do sol que enche nossos olhos de encantamento, comtemplar a lua e as estrelas que iluminam o infinito do céu. Além de nos presentear com a vida, Ele criou todas essas maravilhas para nós apreciarmos, desfrutarmos. Prove que você é merecedor de Sua bondade e generosidade fazendo o bem. Fazer o bem engrandece, enobrece a alma. Diante de tudo isso, o veredicto é: sim, vale a pena viver.

JARDIM
DOS SONHOS

O céu é como um jardim, vasto e infinito. As flores desse jardim maravilhoso e único são flores diversas de todos os tipos e cores. Elas recebem um cuidado todo especial. São regadas pelas lágrimas doces e delicadas de belos anjos divinos. Elas também têm toda luz de que precisam para se manterem sempre lindas, pois seu AGRICULTOR cuida com carinho e dedicação de cada uma delas. Então tenha certeza de que, quando um pensamento em fazer o bem, ajudar, amar seu semelhante se apoderar de você, é ELE que está sussurrando ao seu ouvido, dando-lhe a chance para que você um dia também venha a fazer parte do seu jardim maravilhoso e eterno.

MEU MAIOR PRESENTE

O dia amanheceu. O sol apareceu com seu encanto enchendo de paz e alegria mais uma manhã que aos poucos se inicia. Nem sempre acordo com bom humor, sei lá, tanto a fazer, a resolver. Mas tenho um motivo muito forte para continuar, a vida que novamente veio me brindar! O príncipe dourado surgindo devagarinho tranquilo, delicado, em minha janela com seu brilho encantado sussurrando "vamos, princesa, é hora de despertar!". Nessa hora uma força poderosa, inexplicável, me envolve, me contagia. Penso. Será que é magia? Não, é um PAI amoroso, zeloso, delicado aos seus filhos que um presente valioso veio me dar: mais um dia.

CORAÇÕES ENAMORADOS

Em um dia assim de repente em nossa frente alguém chama atenção e faz bater mais forte o coração. Uma timidez repentina aparece, a qual tentamos não demonstrar, mas não há como disfarçar. Mas logo a timidez vai embora e dá lugar para a coragem que nos faz parecer personagem, personagem de uma história, de nossa própria história, e conseguimos enfim nos aproximar para conversar e quem sabe até conquistar. Pensamos em falar sobre vários assuntos para ficarmos o maior tempo possível juntos. Descobrimos que temos muitas afinidades e começamos a nos interessar, a querer descobrir mais e mais sobre esse precioso bem que apareceu em meu caminho na hora em que mais precisava de alguém. Em que acreditar: destino, almas gêmeas, flecha do cupido? Nada disso importa, já que nunca conseguimos esse mistério decifrar. O que importa nesse momento é a emoção de nos sentirmos apaixonados, enamorados. A paixão faz bem para a alma, que dirá então para o coração. Chega a hora da despedida, mas sem lágrimas, porque em seguida os outros encontros serão ainda mais românticos, sedutores, encantadores. O adeus é selado com um beijo reservado, um tanto encabulado. Agora só resta sonhar e aguardar pelo reencontro. Mas é impossível não sentir ansiedade quando iremos novamente ao encontro da felicidade. A ansiedade passou, o dia tão sonhado chegou. Os olhares se encontram e o coração bate mais forte no peito, acelerado. É, não tem jeito, estou apaixonado. Que felicidade infinita sentir uma paixão assim tão sincera, tão bonita. Ter o privilégio de ter encontrado na vida uma pessoa amorosa, sincera, companheira. Isso é paixão verdadeira. Ela persiste, insiste. Porque é tão triste, cruel ficarmos sem ninguém.

Para continuarmos nossa jornada sempre precisamos de alguém. É como uma semente que cresce lentamente criando raízes até virar flor, a flor mais perfumada que existe chamada amor. Sentir os corações apaixonados, corações enamorados.

AS MAIS LINDAS
MELODIAS

Acordar com o canto da sabiá, melhor melodia não há! Anunciando que mais uma noite passou e que mais uma manhã esplendorosa chegou. Logo outros cantos melodiosos surgem de toda parte e enchem as manhãs de alegria, de sinfonia. Que tamanha beleza é a natureza! Quero fazer alguns comentários que me fazem pensar, questionar. Fico deveras admirada com o paciente e inteligente joão-de-barro, que, além de belo cantor, somente com argila e uma fiel companheira constrói sua morada com toda proteção até cumprir sua missão. É lindo também de se ouvir o magnífico bem-te-vi. Não importa a distância, seu canto ecoa com exuberância, e ele vai se destacando quando está cantando. E o pássaro incessante, entre folhas verdejantes, conquista uma plateia repleta de admiradores para se encantar ao vê-lo cantar. E a sabiá, repito novamente, canta todos os dias alegremente nos presenteando com seu canto até repousar para mais uma manhã recomeçar. Uma cantora gloriosa, majestosa. Canta e não desafina essa sábia menina. Ela entende que somos seus ouvintes sinceros, irá sempre compreender e nos responder. Tudo aqui ao nosso alcance para desfrutar e se encantar. Eles são mágicos, afastam as tristezas, deixam o mundo mais colorido, lindo de se ver, lindo de se viver. Tantas são as espécies, de cores belíssimas, de canto extraordinários, com baladas ritmadas que anunciam a alvorada. Abençoadas essas criaturas que nos proporcionam dias gloriosos, nos enchem de vida, de felicidade, e que nos fazem sentir vivos de verdade.

PRIMAVERA, ESTAÇÃO TÃO BELA

Ó, DEUS, te agradeço pela primavera, estação tão bela. São tantas as flores enfeitando árvores e janelas, alegrando os jardins, flores brancas, rosas, amarelas. Rosas, não há quem não goste delas. Com sua beleza e cores, emocionam mães e fazem nascer muitos amores. Suas pétalas suaves, macias, tão cheirosas, tão graciosas. E os mosquitinhos, delicados, frágeis, pequenininhos, porém quando juntinhos amarrados por um laço formam um grandioso e gracioso maço. E o que falar das margaridas? Com sua simplicidade e brancura, transmitem uma paz, uma serenidade, despertando em nós a vontade, o desejo de abraçar os outros com mais ternura. E o que posso dizer sobre o amor-perfeito? Ao admirá-lo pensamos: é mesmo o mais perfeito. A dália encantadora nos lembra nome de mulher, mulher sedutora. As orquídeas nos hipnotizam com sua beleza, basta olhar para elas por alguns segundos e refletimos: como é a natureza! Ó meu DEUS, te agradeço pela primavera, estação tão bela. São tantas as cores da violeta. A azul até nos recorda o azul do céu e lembra uma frágil borboleta. Deitar com as crianças em uma linda tarde ensolarada e brincar com dentes-de-leão, eles também fazem parte da estação. Soprá-los é tão divertido, os danadinhos parecem até mosquitinhos. A flor que nunca passa despercebida é o amor-de-mãe, que desinibida exala seu perfume doce, delicado, despertando ciúmes nos mais caros perfumes, pois sua essência nunca poderá ser imitada, porque pela natureza foi criada. Hortênsias, azaleias, lírios, cerejeiras, os frondosos ipês. São tantas as flores que faltaria papel para falar de cada uma delas. Então o que me resta fazer é esperar ansiosa por mais uma linda e maravilhosa primavera e te agradecer mais uma vez por uma estação assim tão bela.

AS DAMAS DO MEU JARDIM

As rosas são as damas do meu jardim. Nele elas fazem moradia para iluminar os meus dias. Despertar e vê-las tão belas, tão majestosas, graciosas, deixando minhas manhãs mais cheirosas. O poder que elas têm sobre mim, transformam, acalmam minha alma quando estou triste, quando estou carente, basta olhar para elas que a tristeza logo se vai e fico contente. E tudo isso perto de mim ali no meu jardim. O perfume mais suave, adocicado, nunca por outro perfume comparado. É somente cuidá-las com amor que elas lhe retribuirão com sua beleza, porque sabem que para você têm grande valor. No meu jardim, um desfile de damas, exibindo vestidos suaves e macios de todas as cores, vermelhos, laranjas, brancos, rosas, ficando difícil escolher as mais bonitas, apreciar todas é o que vale, até parecem vestidas para um baile. Ter rosas em um casamento é o melhor momento. E elas tranquilamente não se importam em serem colhidas, porque sabem que para onde forem levarão paz, levarão vida. São meninas, princesas, flor em botão, que aos poucos vão desabrochando e se transformam em verdadeiras rainhas, despertando nos enamorados doce paixão. As rosas já fazem parte de minha vida, do meu dia a dia, minhas amigas queridas, preferidas. E saber que tudo isso está perto de mim ali no meu jardim.

DE VOLTA À REALIDADE

Estava caminhando tranquilamente e mais à frente encontrei uma entrada na qual estava escrito: seja bem-vindo. Quando entrei fiquei muito admirada com tudo que lá vi. Flores maravilhosas, pássaros que começaram a cantar cantos tão lindos que me fizeram flutuar. Crianças brincando sorridentes, muitas pessoas conversando, se abraçando, e conseguia ouvir tudo que falavam. Com muita sinceridade, verdadeiramente perguntavam umas para as outras: como você está? Quantas saudades. Que bom poder estar conversando com você, quero que seja muito feliz. Senti uma grande paz em minha alma e felicidade em meu coração. Continuei a caminhada e avistei outro lugar. Havia vários caminhos ali para percorrer. Resolvo andar em todos para então descobrir o que havia em cada um deles. Fiquei ainda mais maravilhada com tudo que presenciei. Não havia pessoas nas ruas desamparadas, estavam em seus lares com seus familiares, e tinham comida de verdade para colocar na mesa e as conversas eram muito felizes. Os pais davam amor para seus filhos, filhos respeitavam e davam amor para seus pais. Era muito lindo de se ver. E quando se reuniam para assistir às notícias, a alegria era ainda maior porque não presenciavam fatos ruins, tristes, para deixar todos abalados, inconformados. Só havia espaço para notícias boas, alegres, animadoras. Vi muitas outras coisas surpreendentes. As pessoas de cor sendo respeitadas, valorizadas, não sofrendo mais acusações, humilhações. Os mais jovens cuidando dos idosos com toda dedicação, demonstrando muita gratidão por tudo que outrora fizeram por eles. E outras pessoas que tomaram consciência em visitar aqueles que ficaram em um asilo e que nunca as esqueceram, mas que tristemente foram há muito tempo esquecidos por elas. E nenhuma criança era vítima de violência, e os animais também não eram maltratados, abandonados. Nas igrejas os fiéis rezavam verdadeiramente, e não como obrigação para cumprir seu dever de cristão. Por todos os caminhos que andei, tudo era perfeito. Não havia doenças, fome, tristezas, violências. Enfim, não havia coisas ruins, não havia maldades, crueldades. Era repleto somente de amor e de felicidade. De repente começo a ouvir um som persistente, é meu relógio que me faz despertar. Ainda confusa, olhando para meu quarto, vou até minha janela e vejo que tudo está lá do mesmo jeito de sempre. Tudo foi um sonho. Um sonho maravilhoso e inesquecível. Quem dera tudo fosse verdade. Mas infelizmente não é, então de volta à realidade.

A FAMÍLIA CURUPACO

Em uma selva, havia um casal de papagaios, Oscar e Doroteia. Ela desejava muito ser mamãe. Então começou a chocar três ovinhos. O papai Oscar também esperava ansioso pelos seus filhotinhos. Depois de muita espera, nasceram os papagainhos. Eles eram todos peladinhos, mas para os papais, muito engraçadinhos. Depois de algum tempo, eles cresceram, e para eles os nomes escolheram: Lolita, Piper e Marquinhos. O primeiro a voar foi o Piper. Quando voltou muito admirado para os pais perguntou: — encontrei um animal muito esquisito de pescoço bem comprido. Parei para conversar e falou que se chamava Carolina. Será que ela tem pescoço comprido porque tomou muita vitamina? — Não, meu filho, ela é uma girafa e com seu pescoço ela pode comer as folhas mais verdinhas do alto das árvores. Eu sou amiga de sua mãe, ela se chama Gertrudes, um dia até lhe falei que é muito privilegiada porque para comer nunca precisa de escada! Curapaco... paco... paco!.., Curapaco... paco... paco! — A senhora achou muita graça mesmo, né, mamãe? Depois quem saiu do ninho foi o Marquinhos. Após algum tempo, voltou de olhos arregalados, contou: — vi um animal de olhos bem pequenininhos, com uma mangueira em sua cara! Será que é pra esborrifar água na arara ou colocar água em sua jarra? Nem uma coisa nem outra. Ele se chama elefante. E não tem mangueira, tem uma tromba que usa para se alimentar e beber água dos rios. O elefante é o maior e mais forte animal da selva. Se dele você levar uma pisada, fica como uma batata amassada. Bem, agora chegou a vez de Lolita se aventurar pela selva. Então volta curiosa e pergunta: — vi um bicho estranho de unhas bem compridas agarrado em uma árvore, tinha boca larga, parecia estar sempre sorrindo, mas depois o coitadinho fechava os olhinhos e logo estava dormindo, dormindo. E não acordou mais. É o bicho-preguiça, filhinha, ele dorme a maior parte do dia, e não fique preocupada, ele não está triste nem doente, assim do seu jeito ele vive contente. Depois também fiquei observando outro animal. Vestia pijama, mas olhei, olhei e não encontrei a sua cama. O pijama era todo listrado. Não sei se era preto com listras brancas ou branco com listras pretas. Que animal é esse afinal? É uma zebra, querida. Ela não veste pijama, é a cor de seu pelo e não dorme em uma cama, não, dorme no chão. Puxa, animal interessante. Até que um dia Doroteia falou: — de agora em diante, criançada, vamos sair juntos para vocês conhecerem a bicharada. E Lolita, Piper e Marquinhos ficaram muito felizes e entusiasmados em voar com seus papais para conhecer os outros animais. Essa é a história da família Curupaco.

CONTOS E POESIAS |

O VESTIDO DE MARGARIDA

Margarida era uma bela menina de cabelos longos e pretos e olhos azuis. Ela chamava muita atenção devido à sua beleza. Filha única de seu Augusto e dona Cecília, era criada com todos os mimos. Margarida tinha paixão por vestidos. Em todas as ocasiões especiais, festas de aniversários de parentes e das amiguinhas, almoços em família, e até mesmo para visitar sua tia Virgínia e sua avó Luíza a menina exibia seus vestidos. Ela tinha vários modelos e cores: rosa com botões brancos, verde com rendinhas nas mangas e na barrinha, amarelo com florezinhas e muitos outros. Bem, certo dia, passando em frente a uma loja, ela vê uma pequena manequim com um lindo vestido. Era belíssimo. Em tecido azul com pedrinhas e tule. A menina ficou encantada, mas por se tratar de um vestido muito caro, os pais não podiam comprar. O tempo foi passando e ela não conseguia esquecer do vestidinho. Chegou até a sonhar. No seu sonho, parecia uma princesa de contos de fadas, com sapatos brancos e um laço branco nos cabelos para combinar com os sapatos, e as amiguinhas boquiabertas ao vê-la tão linda. Infelizmente foi tudo um sonho. Certa tarde saiu com sua mãe e convidaram Bianca, a sua melhor amiguinha. Estavam passando pela loja e, quando Margarida olhou na vitrine, ele ainda estava lá. De repente sai da loja uma cadelinha toda branquinha, de pelinhos fofos e uma fitinha na cabeça. Ela tinha gravado na coleirinha: Baronesa. As meninas ficaram encantadas. Então a cachorrinha sai dali e começa a correr. Margarida e Bianca vão atrás para apanhá-la, não dando chance para dona Cecília impedi-las. No corre-corre, Margarida cai e fica toda machucada. Bianca consegue apanhá-la. Dona Cecília segue desesperada ao encontro das meninas e um bondoso senhor as leva até a senhora. Bianca retorna à loja e encontra uma menina em prantos. Ela é a dona de Baronesa. Bianca explica tudo o que aconteceu. Depois de todo esse ocorrido, vão rapidamente para casa cuidar de Margarida. Os dias passam e em certa manhã chega uma senhora bem apessoada e uma menina na casa de dona Cecília. A menina pergunta se pode falar com Margarida. Ao vê-la diz: — me chamo Poliana, sou dona da Baronesa e essa é minha mãe, Carmem, dona da loja. Vim agradecer a você por tentar socorrer minha cachorrinha. Sinto muito por você ter se machucado também. Então Poliana retira do carro uma enorme caixa e entrega para Margarida. — Quero lhe dar esse presente. Ao abrir mal pôde acreditar, é aquele lindo vestido com que tanto sonhou. — Sua amiga Bianca contou o motivo pelo qual vocês estavam em frente à loja. Contou que você estava admirando esse vestido. Emocionada agradece e quando as duas partem vai correndo experimentá-lo. Se olha no espelho, ele é lindo mesmo. Quanta felicidade. Bem, depois desse ocorrido, Poliana torna-se amiguinha de Margarida e Bianca. E quando as três vão passear, Baronesa vai junto, é claro, toda faceira exibindo seus vestidinhos, que são vários, né, Baronesa?